PROJET

DE DÉRIVATION JUSQU'A PARIS,

DES RIVIERES

D'OURCQ, THEROUENNE ET BEUVRONNE

D'UNE PART,

ET DES RIVIERES

D'ESSONE, JUINE, ORGE, YVETTE ET BIEVRE

DE L'AUTRE;

PAR E. M. GAUTHEY,

INSPECTEUR GÉNÉRAL DES PONTS ET CHAUSSÉES.

A PARIS,

H. L. PERRONNEAU, IMPRIMEUR DE L'ECOLE DES PONTS ET CHAUSSÉES,
QUAI DES AUGUSTINS, N°. 44.

AN X 1. — 1803.

PROJET

DE DÉRIVATION JUSQU'A PARIS,

DES RIVIÈRES

D'OURCQ, THEROUENNE ET BEUVRONNE

D'UNE PART,

ET DES RIVIÈRES

D'ESSONE, JUINE, ORGE, YVETTE ET BIÈVRE

DE L'AUTRE.

L<small>E</small> Gouvernement ayant résolu d'amener à Paris les eaux de la *Ordre de le-* rivière d'Ourcq, les citoyens Gauthey et Prony furent chargés de *ver les plans* faire faire les plans et nivellemens pour l'exécution de ce projet. On *et faire les* suivit d'abord depuis Paris à la Beuvronne, à-peu-près la direction *nivellemens.* qu'avoit indiqué le cit. Brulée en 1786, depuis Paris à Souilly, et ensuite les côteaux le long de la Marne jusqu'a Croui au-dessus de Lizy.

2. Ces ingénieurs furent ensuite sur les lieux examiner ce projet *Tranchée* en détail. Ils observèrent d'abord qu'il y avoit dans les bois de *à faire.* St.-Denis, une espèce de seuil qui sépare les sources des ruisseaux qui se jettent dans la Marne, de ceux qui se jettent dans la Seine au-dessous de Paris, et qu'il faudroit en dirigeant par là le canal, ce qui en abrège considérablement la longueur, former une tranchée qui pourroit être très-profonde suivant le parti que l'on prendroit pour régler les pentes.

3. Ils reconnurent entre Lizy et Meaux, un canal qui avoit été *Canal com-* tracé autrefois par M. de Manse, gendre de M. Riquet, mais qui *mencé par*
M. de Manse.

I

devoit avoir très-peu de pente , et pensèrent qu'il seroit plus convenable de faire la prise d'eau au-dessus de Lizy , et conduire le canal le long des côteaux de l'Ourcq , et ensuite suivre ceux de la Marne dont quelques-uns étoient assez rapides.

Un ingé-
nieur chargé
de faire tra-
cer ce projet.
4. Ils demandèrent alors que l'on chargeât l'ingénieur Bruyère de faire tracer ce projet sur le terrein , en passant près de Gressi , pour faire la tranchée moins profonde , et donner plus de pente au canal près de Paris , et de faire niveller un autre projet en suivant les côteaux de la Marne jusqu'à Paris , pour éviter cette tranchée , afin que l'on pût choisir entre ces deux projets.

Il pensoit
qu'il suffi-
roit de faire
venir la Beu-
vronne à Pa-
ris.
5. En conséquence le cit. Bruyère fit revérifier les nivellemens , de Paris à Lizy , et au-delà en remontant l'Ourcq jusqu'à Mareuil ; mais ayant trouvé que les eaux de la Beuvronne jointes à quelques ruisseaux que l'on prendroit en chemin , fournissoient environ 2000 pouces d'eau moyennement , il pensa que l'on pourroit se contenter de cette quantité qu'il démontroit être huit fois plus considérable que ce qui étoit nécessaire pour les besoins habituels des habitans , et même pour le nettoiement des rues ; et comme on n'étoit pas encore déterminé sur la pente à donner à ce canal , il s'attacha à prendre une quantité de points rapportés à un plan de niveau dans toute la partie entre la Beuvronne et Paris pour pouvoir régler cette pente ; il chercha même à joindre à la Beuvronne une grande quantité d'eau de la rivière de Croux prise au-dessus de Gonesse.

Le projet a
été nivellé
dans toute
son étendue.
6. Quoique le projet du citoyen Bruyère puisse être bon et surtout très-économique , cependant nous n'aurions pas rempli notre mission , si nous n'eussions pas fait examiner scrupuleusement le projet en entier depuis l'Ourcq à Paris , puisque nous en avions été chargés spécialement par le Conseiller d'Etat ; et nous trouvons assez de données dans les opérations qu'a fait faire le cit. Bruyère , pour indiquer tous les moyens qu'il faut prendre pour en venir à bout.

Il convient
d'amener à
Paris une
quantité
7. Il paroît constant que si on ne vouloit amener de l'eau au-dessus de Paris que pour les besoins réels des habitans , et encore pour quelques objets d'agrément , il suffiroit d'y faire venir

la Beuvronne 'et quelques ruisseaux que l'on trouve en chemin ; mais d'eau très-
puisqu'il est bien reconnu que l'on peut en amener une quantité considéra-
quatre ou cinq fois plus considérable, même en prenant l'Ourcq bien ble.
au-dessus de Lizy, et en y joignant la Thérouenne que l'on prend en
passant, ainsi que quelques autres ruisseaux, pourquoi ne pas chercher non-seulement à fournir de l'eau pour les besoins ordinaires des
habitans, mais encore à établir à Paris une quantité de fontaines
même de luxe, qui donneroient continuellement une grande quantité d'eau jaillissante et courante dans la plupart des rues, puisque
cette rivière d'Ourcq peut en fournir autant et plus que n'en a la
Rome moderne, qui est actuellement la ville de l'Europe où l'on en
a amené la plus grande quantité ?

8. La mauvaise qualité des eaux du Tibre avoit engagé les anciens Les aque-
Romains dès l'an 312 avant l'ère vulgaire, à faire venir des eaux ducs de Ro-
éloignées pour les besoins des habitans ; mais elles n'arrivoient que guste et sous
dans les quartiers bas de la ville. On en fit conduire d'autres, 125 ans son règne.
après, dans les quartiers plus élevés ; mais ce ne fut que sous l'empire
d'Auguste, que son gendre Agrippa y conduisit beaucoup d'autres
sources de la vallée latine et des environs, et distribua dans les
différens quartiers de la ville plus de 500 fontaines publiques, de
sorte que chaque place et presque chaque rue eut une fontaine pour
l'usage de ses habitans.

9. Nous n'avons que trop agi comme les Romains qui, avant les Nous som-
beaux jours de la république et des empereurs, avoient été trop mes dans les
tourmentés par les guerres pour songer à faire de grands établisse- constances
mens publics de chemins, de canaux et de grandes fontaines. Heu- qu'Auguste.
reusement nous nous trouvons à-peu-près dans le même cas où se
trouva Auguste après avoir donné la paix à son vaste empire. Aussi
depuis la paix générale donnée par la France à l'Europe, voyons-
nous commencer les plus grands travaux en canaux et en chemins
à travers les plus hautes montagnes, et il faut espérer que bientôt
on conduira à Paris, comme dans l'ancienne Rome, de véritables
rivières qui formeront quantité de fontaines publiques, qui non-
seulement fourniront très-abondamment au besoin, à la commodité

des habitans, mais procureront les plus magnifiques établissemens qui puissent décorer la première ville de l'Europe.

Quantité d'eau four-nie à Rome ancienne. 10. La quantité d'eau que fournissoient à Rome les aqueducs, peu de tems après Auguste, étoit de 14,000 pouces d'après le rapport de Frontin, auteur contemporain. Ces aqueducs avoient 92 lieues de longueur, dont 10 lieues étoient portées par des arcades, et avoient coûté 133 millions de notre monnoie.

11. La plupart des aqueducs de l'ancienne Rome ont été détruits, mais les papes en ont rétabli plusieurs et en ont ajouté d'autres; de sorte que la Rome moderne est encore la ville où il y ait la plus grande magnificence en ce genre. Les places les plus élevées ont à leurs sommités des fontaines fournies par des aqueducs qui y apportent des rivières. Ces eaux sont ensuite distribuées dans beaucoup d'endroits inférieurs, et la décoration de ces fontaines forme à présent les plus beaux monumens de l'architecture moderne : telles sont les fontaines construites au haut du Janicule, décorées de grandes colonnes de granit, la fontaine de Trevi décorée encore plus richement, celle de la place Navone, celles de la place devant St.-Pierre, et plusieurs autres trop connues pour en donner ici la description. Ces fontaines se reproduisent plusieurs fois dans les pentes des collines, et par ce moyen font paroître une grande quantité d'eau, quoiqu'il n'y en ait réellement que 1500 pouces moyennement. Les fontaines de St.-Pierre en dépensent seules 300 pouces chacune.

Aqueducs dans plu-sieurs villes de France. 12. Nous avons en France plusieurs villes où l'on a amené l'eau des rivières supérieures, entr'autres, Toulon, Marseille, et sur-tout Montpellier où l'on a fait un aqueduc porté sur des arcades sur plus de 500 toises de longueur, qui conduit l'eau dans la partie la plus élevée de la ville, à 90 pieds au-dessus du terrein naturel.

L'on a conduit à Londres, sur près de 40,000 toises de longueur, une rivière qui produit 4000 pouces d'eau.

Quantité d'eau actuel-le des fontai-nes de Paris. 13. La ville de Paris n'a encore que l'aqueduc d'Arcueil, qui ne fournit que 80 pouces d'eau, quelques eaux qui viennent des prés St.-Gervais et de Belleville qui, jointes à celles des machines hy-

drauliques , ne fournissent qu'environ 200 pouces , dont 5o appar-
tiennent à des particuliers. Ces eaux sont distribuées à près de 5o
fontaines.

14. Il faut convenir que cette quantité d'eau est bien peu de chose
pour une ville aussi peuplée que Paris ; cependant il est peu de
position de grandes villes plus favorable que celle de cette capitale ,
pour y conduire facilement une très-grande quantité d'eau , puisque
l'on trouve à peu de distance plusieurs rivières dont les sources sont
plus hautes que les quartiers les plus élevés de Paris , et qui peuvent y être conduites le long des côteaux qui bordent la Seine et
la Marne. *Position avantageuse de Paris pour y amener beaucoup d'eau.*

On espère fournir à Paris d'un seul côté près de 10,000 pouces
provenant de l'Ourcq et des rivières qui se joindroient au canal.

15. Mais quelqu'abondantes que soient les eaux de ces rivières , il est
difficile qu'elles puissent être distribuées dans toute l'étendue de Paris ;
il ne faut guère compter les employer que pour la partie septentrionale de la ville , qui se trouve terminée par la Seine. Car on ne
pourroit la faire remonter par des tuyaux qui passeroient sous le
pavé des ponts du côté de la partie méridionale avec de grandes
dépenses , qu'à 5o ou 6o pieds de hauteur au-dessus des basses eaux
de la Seine ; et il y a plusieurs quartiers qui dans cette partie sont à
près de 100 pieds au-dessus des basses eaux de la Seine. *Les eaux de l'Ourcq ne peuvent servir qu'à la partie septentrionale.*

16. On a projeté depuis longtems de faire venir de ce côté les
eaux de l'Yvette et de la Bièvre qui fournissent en été 1500 pouces
d'eau ; mais cette quantité n'étant pas comparable à celle que l'on
tireroit de la Beuvronne , de la Therouenne et de l'Ourcq , il sera
facile de prendre non-seulement les eaux de l'Orge , qui sont beaucoup plus considérables que celles de l'Yvette et de la Bièvre , mais
de faire venir aussi les eaux de la Juine et de l'Essonne. Toutes ces
eaux prises de ce côté , doivent être plus considérables que celles
prises de l'autre , et l'on peut les faire monter au niveau de l'Observatoire , à plus de 100 pieds au-dessus des basses eaux de la Seine.
On a le nivellement des rivières de Juine et d'Essone dans le projet
du canal d'Essonne , où l'on voit qu'en prenant l'Essonne un peu *De l'autre côté on peut y amener la Bièvre, l'Yvette, l'Orge, la Juine et l'Essonne.*

au-dessus des Malesherbes, et la Juine à peu de distance d'Etampes, on peut les conduire au-dessus du niveau de l'Observatoire avec une pente au moins équivalente à celle que l'on peut donner au canal de dérivation de l'Ourcq par un canal qui auroit à-peu-près la même longueur que celui-là, si l'on suivoit tous les côteaux.

La quantité d'eau que l'on peut fournir à Paris en été sera au moins de 15,000 pouc.

17. On prétend que l'Ourcq prise à Mareuil, fournira 10,000 pouces d'eau (1) ; mais je crois que cette quantité est trop forte, car en comparant l'étendue du terrein qui fournit les eaux à cette rivière à Mareuil, avec celle qui fournit les eaux à l'Yvette et à la Bièvre, qui ont été jaugées exactement, on trouve que ces deux rivières ne fournissent en été que 1500 pouces d'eau, et 2840 en hiver. L'Ourcq ne fourniroit que 5,000 pouces, et que toutes les rivières de ce côté ne fourniroient que 7,000 pouces en été, 13,200 en hiver, et celles de l'autre côté 8,000 pouces en été, et 15,000 en hiver ; ce qui fait en tout 15,000 pouces en été, et 28,000 pouces en hiver.

Comparaison de cette quantité avec celle qui existe actuellement à Rome.

18. On a reconnu dans la rigole du canal du Midi qu'il se perd un tiers de l'eau dans le trajet. En retranchant de cette quantité le tiers pour les pertes provenantes des évaporations et des filtrations, on voit que l'on pourra disposer pour Paris au moins de 10,000 pouces en été, quantité plus grande que celle que l'on avoit fait venir à Rome, sous l'empereur Auguste, dans le tems de la plus grande magnificence de cette ville, et plus du sextuple de celle qui y arrive actuellement, que l'on ne fait monter qu'à 1500 pouces, quoique cette ville soit celle de l'univers qui offre le plus grand luxe en ce genre.

Rien n'annonce la magnificence d'une grande ville comme l'abondance des eaux dans les fontaines publiques.

19. Il est certain qu'une aussi grande quantité d'eau amenée dans les quartiers les plus élevés de Paris, et se distribuant dans tous les autres, excède de beaucoup les simples besoins des habitans, et le nettoiement des rues ; mais comme il est reconnu que l'on ne peut pas procurer à une grande ville des monumens qui annoncent davantage

---

(1) Le pouce d'eau des fontainiers fournit 19 mètres $\frac{5}{4}$ cubes d'eau en vingt-quatre heures, faisant 576 pieds cubes ou 72 muids.

sa magnificence que l'établissement de fontaines publiques fournissant une grande quantité d'eau, je pense que le Gouvernement ne manquera pas d'établir dans cette ville des fontaines jaillissantes qui formeront des gerbes, de grandes nappes d'eau, et des cascades dans le genre de celles de Rome.

20. Toutes nos places publiques n'ayant plus rien qui les décore dans leur milieu, depuis la destruction des statues équestres, ces monumens seront remplacés avec grands avantages par des fontaines abondantes dont le mouvement des eaux anime, pour ainsi dire, les endroits les plus déserts, et qui peuvent être décorées par des obélisques, des colonnes colossales portées sur des rochers, que l'on peut aussi décorer de statues de marbre, tels que ceux de la place Navone à Rome, ou par de simples cascades sortant d'une masse de rochers décorés de statues de marbre.

Les fontaines dans les places publiques remplaceront avantageusement les statues équestres.

21. On peut décorer de cette manière la place des Victoires, la place ci-devant Royale, la place Vendôme, la cour du Louvre, la place de Grève, la place du Panthéon, celle de St.-Sulpice, lorsqu'on aura abattu le bâtiment qui en occupe l'emplacement, celle devant le Corps Législatif, celle devant le palais du Tribunat, et quelques autres. La place du Carrousel pourroit avoir deux fontaines comme celles de la place St.-Pierre de Rome. Celle de la Concorde pourroit en avoir quatre. Une aussi grande quantité d'eau en fourniroit abondamment et continuellement aux jardins publics des Tuileries, du Luxembourg, du Tribunat, et même dans les Champs-Elysées.

Enumération des places et jardins publics où on peut les employer à Paris.

22. Nous n'avons à Paris que deux fontaines publiques décorées : la fontaine des Innocens, et la fontaine Grenelle ; mais l'une n'a pas d'eau, et l'autre n'en a que par des robinets qui en fournissent fort peu, et que l'on est obligé de laisser fermés pour ménager l'eau. Ces deux fontaines sont cependant susceptibles, en faisant quelques changemens dans le soubassement de la seconde, de recevoir une très-grande quantité d'eau.

On n'a que deux fontaines décorées à Paris, mais elles n'ont pas d'eau.

23. On peut aussi se servir à cet effet de deux grands monumens qui semblent avoir été construits pour cet objet : ce sont les deux arcs de triomphe que l'on nomme assez improprement les portes de

On peut disposer des portes de St. Denis et de

St.-Martin pour en faire de superbes fontaines.

St.-Denis et St.-Martin , dont le milieu serviroit toujours au passage public , et d'où l'on pourroit faire sortir des nappes d'eau , soit du dessus des piédestaux de l'arc St.-Denis, soit en formant des niches dans les petites portes de l'arc de St.-Martin , sur quoi on observera que les objets les plus dispendieux des monumens publics sont les décorations d'architecture ; et les bâtimens qui forment les places , et ici ce sont des monumens déja existans, qui semblent avoir été faits avec cette destination.

Toutes ces fontaines couleront continuelle- ment.

24. Aucune des fontaines de Paris ne coule continuellement ; elles sont toutes fermées par des robinets auprès desquels les porteurs d'eau attendent longtems leur tour pour faire remplir leurs seaux. Le peu d'eau que l'on tire des aqueducs et des machines hydrau- liques exige cette économie : mais lorsqu'on pourra disposer d'une grande quantité d'eau , il n'y a aucune de ces fontaines que l'on ne puisse faire couler continuellement et avec assez d'abondance pour que les porteurs d'eau n'attendent jamais.

Quantité d'eau que dé- penseront les fontaines de Paris.

25. On voit par l'énumération ci-dessus que l'on pourroit avoir dans les places et les jardins publics de Paris environ trente grandes fontaines , et quand elles fourniroient moyennement des nappes d'eau de 20 pieds de longueur , elles ne débiteroient pas 2000 pouces d'eau , puisqu'une nappe d'eau est bien garnie , sans laisser d'intervalle vide , lorsque l'on peut lui fournir trois pouces d'eau par pied de longueur. On pourroit, par conséquent , en fournir beaucoup davantage. Les petites fontaines à deux robinets pouvant fournir par jour 1200 voies , ne dépenseront que 2 pouces d'eau , ou 4 pouces en les laissant couler la nuit. Les 50 petites fontaines ne dépenseront que 200 pouces , par où l'on voit qu'il seroit aisé de multiplier au décuple ces fontaines , de telle sorte qu'il pourroit y en avoir dans chaque rue , comme il y en avoit du tems d'Auguste à Rome.

Les fontai- nes peuvent se reprodui- re en plu- sieurs en- droits.

26. On observera encore qu'une partie de Paris étant située sur des côteaux , il sera facile de faire reproduire ces eaux des fontaines supé- rieures par d'autres fontaines inférieures , et même de les faire tomber dans la rivière par de grandes nappes d'eau le long des quais.

27. On pourroit , sur-tout , faire tomber les eaux de la fontaine de Grenelle par un monument élevé au milieu du quai Bonaparte , en élargissant ce quai de plus du double sur le quart de sa longueur , à la place d'un bas-port qui resteroit encore plus long qu'il ne faut. Cet élargissement seroit même utile au pont des Tuileries , pour prévenir les affouillemens qui s'y font. On pourroit enfin tirer des eaux de ces fontaines pour fournir à des bains publics dans tous les quartiers de la ville. *On peut faire un monument de cette espèce au quai Bonaparte.*

28. Il n'est pas douteux qu'en faisant venir à Paris la plus grande partie des eaux de l'Ourcq , de la Thérouenne , de la Beuvronne , de la Bièvre , de l'Yvette , de l'Orge , de la Juine et de l'Essone , on diminuera beaucoup le produit des moulins que font mouvoir ces rivières : cependant comme il n'est pas nécessaire de faire venir à Paris une plus grande quantité d'eau que celle que fourniront ces rivières en été , ce ne sera que pendant ce tems que plusieurs moulins chommeroient absolument. Il y auroit toujours une quantité d'eau surabondante qui les feroit tourner , et sur-tout la plupart de ceux qui sont placés beaucoup au-dessous des prises d'eau , tels que ceux d'Essone , etc. , ne diminueroient pas considérablement de valeur. *La dérivation des eaux diminuera nécessairement le produit de plusieurs moulins.*

29. Mais si l'on fait venir à Paris une quantité d'eau assez considérable , pour que les fontaines n'en absorbent pas la moitié, l'autre partie pourra être employée à former des courans d'eau qui se rendront à la Seine par différentes chûtes , depuis la barrière de Pantin , d'une part , et depuis celle de Villejuif , d'autre part , en employant 5ooo pouces à ces courans , pour en former des usines de différentes espèces par des chûtes de deux mètres de hauteur chacune. On pourroit former , d'une part , 11 chûtes, et de l'autre , 15. La dépense d'eau d'un moulin ordinaire à farine étant évaluée à 1ooo pouces, avec de pareilles chûtes , on auroit à chacune deux ou trois roues , et en tout environ 66 usines qui nuiroient aux moulins placés sur les rivières que ces dérivations intercepteroient, et dont il faudra indemniser les propriétaires : mais il n'est pas douteux que ces usines interceptées étant transportées à Paris ne fussent d'un produit bien plus grand , et ne fussent infiniment plus avantageuses qu'étant disséminées au loin de la capitale. *On pourra former à Paris avec les eaux dérivées plusieurs usines avantageuses.*

2

On pourroit, avec ces cours d'eau, former une quantité de manufactures de toute espèce, qui diminueroient la main-d'œuvre, et apporteroient à Paris une industrie qui n'y existe pas par défaut de moteurs, que l'on auroit alors avec abondance.

La décharge des fontaines nettoiera les rues.

30. La décharge des fontaines établies dans la plus grande partie des rues, et sur-tout celle des grandes fontaines formant monument, se distribueroit presque dans tous les ruisseaux des rues, à des jours et heures fixés, et serviroit à leur nettoiement, et à emporter les immondices, ce qui diminueroit beaucoup la dépense de l'enlèvement des boues et des neiges; les eaux superflues se rendroient dans les égoûts, et sur-tout dans le grand égoût, où il se formeroit une rivière abondante coulant continuellement et enlevant toutes les immondices. On pourroit établir sur cet égoût, qui est voûté presqu'en entier, toutes les tueries qui infectent beaucoup de quartiers. Une partie de ces eaux, même celles qui seroient surabondantes, pourroient aussi être distribuées dans les marais ou potagers qui environnent Paris, et serviroient à diminuer le prix des légumes en diminuant la peine du jardinier.

Est-il avantageux d'établir une navigation sur le canal de l'Ourcq?

31. La quantité d'eau que l'on peut tirer du canal de l'Ourcq étant assez considérable pour former un canal de navigation, il est question d'examiner si cette navigation auroit de grands avantages, et s'il ne seroit pas préférable de se contenter d'une simple dérivation. La navigation étant actuellement établie par la rivière d'Ourcq et la Marne jusqu'à Paris, il est certain qu'une nouvelle communication par un canal le long d'une rivière navigable ne paroît pas bien utile; cependant si l'on veut dériver, pour les quartiers élevés de Paris, la majeure partie des eaux de cette rivière, et même la totalité de ce qu'elle fournit en été, il n'est pas douteux que pendant cette saison la navigation actuelle de l'Ourcq seroit nulle, et que, dans le reste de l'année, elle seroit fort diminuée, si l'on n'avoit pas la faculté de faire passer dans le nouveau canal les bateaux qui ne pourroient alors passer de l'Ourcq dans la Marne. Il y a cependant apparence qu'excepté en été il y auroit encore assez d'eau dans la rivière d'Ourcq pour que la navigation y restât établie, en faisant aux écluses qui ont plusieurs défauts et sont en assez mauvais

état, d'assez grandes réparations ; alors on aura à choisir entre les deux moyens : mais on ne peut douter que lorsque le nouveau canal de l'Ourcq sera fini, la navigation par la voie actuelle ne fût très-peu fréquentée, parce qu'elle a plusieurs inconvéniens qui n'existeront plus.

1º. On est obligé de décharger les bateaux de l'Ourcq dans ceux de la Marne, ce qui est une manœuvre toujours dispendieuse.

2º. On est obligé de traverser plusieurs écluses sur l'Ourcq et sur la Marne, tandis que le nouveau canal n'en aura qu'une, ou même point du tout.

3º. La longueur du trajet par la Marne est de plus de 5 lieues plus considérable, y ayant, d'une part, 60,000 (1) toises métriques, et de l'autre, seulement 42 à 44,000.

4º. Le huitième de Paris, du côté des faubourgs du Temple, St.-Martin, St.-Denis, auront moins loin à aller chercher le bois à la barrière St.-Martin qu'à la rivière. Indépendamment du transport des bois qui est le principal objet du commerce de ce canal, il transportera encore des bleds et des légumes, et sur-tout on remontera beaucoup de fumier ; ce qui procurera un grand avantage à l'agriculture des pays voisins de ce canal. Ainsi il n'est pas douteux, puisque ce canal aura assez d'eau pour porter bateau, qu'on ne manquera pas d'y établir une navigation : mais je pense que relativement à la formation du projet on ne doit regarder cette navigation que comme secondaire et subordonnée à la dérivation d'une grande quantité d'eau pour Paris, qui est l'objet principal que l'on doit avoir en vue.

32. Si l'on ne craignoit pas de mériter le reproche de n'avoir pas profité de cette nouvelle rivière pour lui faire porter bateaux, on auroit

On auroit pu diriger le canal de dérivation le long des côteaux de Chelles et Montreuil.

(1) On a conservé les anciens noms des mesures, conformément à l'arrêté des Consuls, du 13 brumaire an 9, en leur donnant les valeurs des nouvelles mesures. La toise métrique est exactement de deux mètres, le pied métrique d'un tiers de mètre, etc. La difficulté extrême de se faire une idée des nouvelles mesures comparées aux anciennes, a fait prendre ce parti qui est très-commode, parce que les anciennes mesures ne diffèrent des nouvelles que d'environ $\frac{1}{38}$ pour les longueurs, $\frac{1}{18}$ pour les surfaces, et $\frac{1}{12}$ pour les cubes.

évité de faire une tranchée considérable et dispendieuse, puisque l'on pouvoit suivre tous les côteaux de la Marne par Chelles, Montreuil et Belleville, s'il n'eut été question que d'amener une certaine quantité d'eau à Paris, qui y seroit à-peu-près en pareille quantité de ce côté, quoique dans un peu plus de tems ; mais ce qui a dû éloigner principalement de ce projet, c'est que, indépendamment de la différence des longueurs qui pouvoit être de 15 à 20 mille toises, eu égard à toutes les sinuosités qu'il auroit fallu faire, on a dû craindre d'être obligé de traverser des terreins gypseux, et qu'en passant le long des côteaux de Montreuil et Belleville, on pouvoit rencontrer des propriétés précieuses qui exigeroient de fortes indemnités.

Commerce de l'Ourcq. 33. Le commerce de l'Ourcq ne laisse pas que d'être considérable actuellement, sur-tout pour le débit des bois de la forêt de Villers-Cotteret, qui contient plus de 25000 arpens. Il y a sur cette rivière 40 bateaux qui font seuls tous les transports et font par an 800 voyages environ. Chaque bateau transporte 130 cordes de bois.

Longueurs des différentes parties du canal. 34. Le principal objet que l'on doit considérer en formant le projet du canal de l'Ourcq est sans contredit d'en régler la pente ; il faut pour cet effet se faire une idée des longueurs et des hauteurs du terrein. L'on a fixé le niveau de l'eau auprès de la barrière St.-Martin à la hauteur du socle de la colonne de Pantin, parce que ce socle est à-peu-près au niveau du terrein entre les chemins de Meaux et de Senlis où l'on doit former un bassin dans lequel se rendront toutes les eaux que l'on doit ensuite distribuer dans Paris.

Depuis le bord de ce bassin jusqu'à la tranchée des bois de St.-Denis, il y a environ 8000 toises, de là au plus haut de la tranchée 2000 toises, ensuite jusqu'à la fin de cette tranchée 2000 toises, de là à la Beuvronne 1300 toises, de là à Lizy, 24900 toises, de là à Vernelles 2700 toises, et de là au bief supérieur de Mareuil 5400 toises, en tout 46300 toises métriques.

Hauteurs au-dessus de l'étiage de la Seine et au-dessous du 35. Quant aux hauteurs, le socle de la colonne de la barrière de Pantin qui marque le niveau de l'eau dans le bassin, est à 77 pieds au-dessus des basses eaux de la Seine prises au pont de la Tournelle, à 57 pieds et demi au-dessous du sommet de la tranchée, à 4 pieds au-

dessous du bief du moulin de Souilly , à 22 pieds au-dessous du bief socle de la
supérieur du moulin de Gressi , à 4 pieds au-dessous du bief du vieux colonne de
moulin de Lizy , où M. de Manse faisoit sa prise d'eau , qui se trouve la barrière de Pantin.
à 21 pieds au-dessus des basses eaux de la Marne à l'embouchure de
l'Ourcq dans cette rivière , à 8 pieds au-dessous du bief inférieur de
Vernelles , à 17 pieds au-dessous du bief de Croui , et enfin à 30 pieds
au-dessous du bief supérieur de l'écluse de Mareuil, dont la chûte est
de 10 pieds.

56. Il y a plusieurs manières de régler la pente à donner au nouveau Différentes
canal suivant l'endroit où l'on fera la prise d'eau , suivant que l'on vou- manières de
dra donner la pente plus ou moins forte en arrivant à Paris , et suivant régler la pen-
que l'on voudra s'enfoncer plus ou moins dans la tranchée. te du canal.

37. Il n'est pas douteux que le point d'arrivée auprès de la Villette Le point
ne soit absolument déterminé , et qu'il seroit difficile d'arriver dans d'arrivée à la
un local plus élevé , quoiqu'il se trouve encore le long des nouveaux Villette est
murs de Paris , depuis la barrière du Trône jusqu'à. Mousseaux , beau- déterminé.
coup d'endroits plus hauts que la Villette.

38. Mais le point de départ n'est pas fixé de même ; il peut se pren- Le point de
dre depuis l'écluse de St.-Hubert à Lizy , qui est presque de niveau départ peut
avec le socle de la colonne de la barrière de Pantin , jusqu'à Mareuil , se prendre
qui est de 30 pieds plus élevé , ou même encore plus haut s'il étoit né- entre Lizy et
cessaire , et de tous ces points on pourra , en suivant les côteaux , ar- Mareuil.
river à la plaine de la Villette.

39. M. de Manse , qui avoit commencé ce canal en 1676 , faisoit la Le canal de
prise d'eau au vieux moulin au-dessus de l'Ourcq , qui se trouve seule- M. de Manse
ment de 4 pieds plus élevé que la plaine de la Villette , ainsi il faisoit son étoit presque
canal presque de niveau , et il en existe encore beaucoup de restes entre de niveau.
Lizy et Meaux ; il faisoit ensuite circuler le canal à l'entour de Paris ;
une branche devoit aboutir à la Seine auprès de l'Arsenal , et une autre
branche auprès de Chaillot ; on auroit descendu des deux côtés par des
écluses dans la Seine ; mais ce projet de contourner la partie septentrionale de Paris , qui étoit assez aisé il y a 120 ans , deviendroit actuellement très-difficile et dispendieux , parce que tous les terreins où
l'on auroit placé le canal sont à présent couverts de bâtimens. **Quoique**

ce canal fut presque de niveau , il n'est pas douteux que l'eau ne fût arrivée à Paris avec la même abondance qu'avec un canal en pente , la retenue de Fonseranne au canal du Midi , qui a 27532 toises , est de niveau , et elle a plus de la moitié de la longueur du canal de l'Ourcq.

Il est avantageux pour la salubrité de donner une pente au canal.

40. Si l'objet du canal de l'Ourcq est plutôt d'amener des eaux à Paris potables et salubres , que d'y établir une navigation , comme il est assez constant que les eaux courantes sont meilleures que les eaux dormantes, ou qui ont peu de mouvement , il paroît que l'on ne peut guère se dispenser de donner au canal une pente assez considérable qui ne doit cependant pas être assez grande pour forcer l'eau à couler sur peu d'épaisseur , soit parce que la rivière ne pourroit plus porter bateau, soit parce que pendant les gelées , il est nécessaire qu'il y ait une assez grande épaisseur d'eau pour que la rivière ne gèle pas à fond.

Il suffira de prendre l'eau au-dessous de Mareuil.

41. Il s'agiroit donc de former la prise d'eau à un endroit de l'Ourcq un peu élevé tel que Croui , Neufchelles ou Mareuil.

Le bief supérieur de Mareuil est à 30 pieds au-dessus de la plaine de la Villette , et la distance étant de 46300 toises , la pente seroit de 7 pouces 10 lignes par 1000 toises , et la vitesse d'environ 10 pouces par seconde , en comptant que l'Ourcq ne fournisse que 5000 pouces d'eau en été , ce qui produit 2000 pieds cubes par minute et 33 pieds un tiers par seconde , si l'eau passe avec une vitesse de 10 pouces par seconde , on trouve qu'il faut que le profil du canal soit de 40 pieds carrés. Alors en donnant au canal 10 pieds de largeur dans le fond et des talus de 45 degrés , il ne pourroit avoir que trois pieds d'épaisseur d'eau et 17 pieds 4 pouces de largeur au niveau de l'eau , ce qui ne seroit pas suffisant pour faire passer les bateaux de l'Ourcq qui prennent 3 pieds d'eau et ont 12 à 15 pieds de largeur. Ainsi il paroît que l'on doit diminuer cette pente et prendre l'eau au-dessous de la chûte de Mareuil , ce qui paroîtra d'autant plus convenable qu'en faisant la prise d'eau au-dessus de Mareuil , on ne prend pas la rivière de Clignon qui est un des affluens les plus considérables de l'Ourcq , et qui en fait la septième partie ; on pourroit peut-être par une rigole prendre un peu plus haut cette rivière , mais on en perdroit toujours une partie. En faisant la prise d'eau au-dessous de la chûte de Mareuil , on n'auroit plus que 20 pieds de pente sur 46000 toises , ce qui donneroit 5 pouces 2 lignes et demie par 1000 toises.

42. Cette pente est celle de la dérivation de la rivière de Lew que l'on a conduite à Londres depuis plus de 200 ans par un canal de 34000 toises de longueur sur 15 pieds de largeur moyenne et trois pieds de profondeur, dont l'eau coule avec une vîtesse de 9 pouces par seconde. Cette dérivation faite pour le même objet que celle de l'Ourcq est tracée en suivant toutes les inflexions du terrein , et l'on n'a pas déblayé 2 toises cubes par toise courante. *La pente seroit pareille à celle de la Lew.*

43. Il paroît que d'après l'exemple de la dérivation de la Lew , la pente de 5 pouces par 1000 toises est suffisante. C'est aussi celle de la rigole de St.-Privé du canal de Briare ; par ce moyen , on prendroit la Beuvronne à 1 pied 8 pouces 6 lignes au-dessus du bief du moulin de Souilly. *La pente seroit de 5 pouces par 1000 toises.*

44. Cette pente de 5 pouces 2 lignes et demie par 1000 toises doit cependant être modifiée suivant les contours et suivant la quantité d'eau que l'on recevra des différentes rivières affluentes, en comptant toujours que l'Ourcq ne fournisse que 33 pieds et demi cubes d'eau par seconde , si la vîtesse est de 9 pouces par seconde , le profil du canal sera alors de 44 pieds 4 pouces , et l'eau prendroit 3 pieds 4 pouces de profondeur ; le canal avec 10 pieds de largeur dans le fond auroit 16 pieds 8 pouces de largeur au niveau de l'eau. *Cette pente doit être modifiée relativement aux contours.*

45. Mais si l'on tiroit une plus grande quantité d'eau de l'Ourcq , alors il faudroit augmenter les dimensions du canal et lui donner 12 pieds de largeur sur 4 pieds et demi d'épaisseur d'eau , ce qui donneroit un profil de 74 pieds carrés qui suffiroit pour faire passer 8000 pouces d'eau que l'on peut regarder comme la quantité moyenne que pourroit fournir l'Ourcq , si on vouloit en avoir une partie de l'année plus qu'elle n'en peut fournir en été, si l'on adoptoit les premières dimensions du canal qui auroit 16 pieds de largeur au niveau de l'eau , les bateaux se mouvant dans un canal étroit opposeroient beaucoup plus de résistance qu'en donnant au canal 21 pieds de largeur à ce même niveau ; il faut encore observer qu'après avoir reçu dans le canal la Thérouenne , la quantité d'eau sera augmentée d'un sixième, et qu'après avoir reçu la Beuvronne, *Largeur du canal.*

cette augmentation sera augmentée de plus d'un tiers , par conséquent qu'il faudra augmenter les proportions sur la largeur , ou, ce qui sera mieux, donner moins de pente au canal dans le commencement , et davantage à la fin , ce que l'on pourra régler avec assez de précision, lorsqu'on aura pris les jauges en différens tems de l'année , et parce qu'on les aura plus exactement qu'à présent ; au surplus la hauteur de l'eau augmentera dans le canal en proportion de la plus grande quantité qu'il en recevra ; c'est pourquoi il faut lui donner au moins 7 pieds et demi de profondeur totale.

Il ne faut pas donner une trop grande largeur au canal.

46. En ne regardant la navigation que comme un objet secondaire, il ne faudroit pas donner au canal des dimensions propres à faire passer deux bateaux , parce qu'alors on courroit risque de n'avoir pas assez de profondeur d'eau, pour que la navigation s'y fît commodément, on pourra faire seulement dans les plaines quelques parties plus larges afin de remiser les bateaux. D'ailleurs le commerce de l'Ourcq étant entièrement pour le transport des bois , les marchands pourront s'arranger aisément pour convenir des jours pour aller , et de ceux pour s'en retourner ; si l'on vouloit cependant avoir un canal de navigation propre à faire passer deux bateaux , il suffiroit de donner peu de pente depuis l'Ourcq à la tranchée , et de faire la prise d'eau à Vernelles ou plus haut ; si l'on trouvoit trop de difficultés au passage au-dessus de Lizy et de Claie dans l'endroit qui seroit le plus convenable; il n'y auroit d'inconvénient à ce projet que d'avoir un courant moins prompt de l'Ourcq à la tranchée.

Jauge des eaux.

47. On a estimé le produit des eaux de l'Ourcq à Croui à 10,000 pouces , la Thérouenne 2000 pouces, le ruisseau de Gregi 50 pouces , celui de Villenoix 20 pouces , la Beuvronne à Souilly 1700 pouces, et le ruisseau de Sevran 30 pouces , en tout 13800 pouces. Nous avons déja vu que les jauges de l'Ourcq étoient trop fortes; mais on peut cependant compter que l'on aura bien près de 10,000 pouces moyennement.

48. Il est cependant une considération importante qui pourroit faire préférer la prise d'eau au-dessus plutôt qu'au-dessous de la chûte de Mareuil, c'est qu'en donnant la même pente moyenne de 5 pouces par

1000 toises , depuis le dessus de Mareuil jusqu'au-delà de la tranchée ;
on s'enfonceroit dans cette tranchée de 10 pieds de moins qu'en faisant la
prise d'eau au-dessous de Mareuil , ce qui diminueroit le prix de cette
tranchée de plus de 300,000 fr. Alors depuis l'extrémité de la tranchée
jusqu'à Paris, on pourroit donner la pente de 15 pouces par 1000 toises,
que M. Perronet avoit réglée pour le canal de l'Yvette, et d'après lui ,
l'eau couleroit avec une vîtesse de 12 pouces par seconde , qui est assez
considérable ; mais alors il faudroit traverser la route deux fois.

48 On rempliroit encore par ce moyen un autre objet important ,   Ecluse à
qui est de purifier l'eau en lui donnant plus de vîtesse à son arrivée à   faire après la
Paris ; mais l'inconvénient de traverser la route ou de s'élever moyen-   tranchée.
nement de trois pieds de plus sur les remblais , est assez considérable
pour chercher à l'éviter, et on en viendroit à bout sans s'enfoncer dans
la tranchée , en ne donnant que peu de pente avant cette tranchée , et
en franchissant les 8 à 10 pieds qu'il y auroit de différence, par une
écluse qui avec la maison coûteroit au plus 60,000 fr.

49. Je pense au reste que la considération d'une plus grande pente   Choix à
du canal depuis l'Ourcq à la tranchée , ne doit pas empêcher de faire   faire par l'assemblée des ·
le canal assez large pour faire passer deux bateaux , puisqu'après cette   Ponts et
tranchée , on peut lui donner une assez grande pente ; alors il fau-   Chaussées.
droit faire la prise d'eau au-delà de Croui , à 18 pieds de hauteur
au-dessus du repère , et ne donner à ce canal supérieur que peu de
pente. En donnant ensuite 5 pouces de pente par 1000 toises pour la
partie depuis la [tranchée à Paris , il restera une chûte d'un demi à
l'extrémité de la tranchée, que l'on franchira par une écluse à qui on
donneroit un écoulement continuel au-dessous de la porte pour
augmenter la vîtesse de l'eau.

50. L'assemblée des Ponts et Chaussées , après avoir combiné les
avantages et les inconvéniens de part et d'autre , choisira le parti
qu'elle croira le plus convenable : mais auparavant il sera nécessaire
de tracer complettement sur le terrein ces différens projets.

51. Le canal commencera à Paris , entre les chemins de Meaux   Bassin et
  port à l'en-
et de Senlis, par un bassin de 60 toises de largeur , et une grande   trée du ca-
ligne de canal de 1000 toises de longueur sur 100 pieds de largeur , nal.

3

avec des francs-bords en pente de 100 pieds de largeur pour y former des dépôts de bois ; cet alignement sera fixe par l'axe de la rotonde qui est construite entre les barrières de St.-Martin et de Pantin , qui servira de château d'eau dans les souterreins pour les distribuer dans les différens quartiers , depuis l'extrémité de ce port auprès de la redoute de la Villette ; on suivra les inflexions du terrein , en plaçant toujours le niveau de l'eau au niveau du terrein jusqu'au seuil du bois de St.-Denis , qu'il faudra trancher sur 4000 toises de longueur ; de l'autre côté de ce seuil , on tracera aussi le canal en suivant les inflexions du terrein le long des côteaux jusqu'à Croui.

Difficultés causées par le voisinage de la grande route. 52. Il y a quelques difficultés auprès de Pantin , et au-delà de Bondi , où le tracé naturel devroit être au-delà de la route de Meaux ; ainsi il faudra ou détourner la route , ou la traverser par des ponts , ou établir le canal sur des remblais joignant cette route. Il y a aussi quelques difficultés pour le passage des villages de Claie , de Villaine , de Charmentré , et même de Lizy et de Vernelles , mais elles ne sont pas insurmontables : du reste , le tracement est facile ; il se trouve cependant dans quelques endroits sur des côteaux assez rapides.

Filtration des eaux. 53. La quantité d'eau que l'on doit amener à Paris étant très-considérable , et la totalité n'étant pas nécessaire pour les besoins des habitans , on fera passer par des filtres celle qui sera destinée pour les usages des habitans , et on la conduira aux petites fontaines par des tuyaux différens de ceux qui seront destinés pour les grandes fontaines , d'autant plus qu'il ne seroit pas possible de faire passer toute l'eau que l'on tirera des bassins supérieurs par un seul tuyau ; le superflu sera conduit par les jardins dans le fossé de l'Arsenal , dans la Seine , pour construire des usines sur tout son cours.

Canal de dérivation de l'Essone et de l'Yvette. 54. J'ai déja fait remarquer que la rivière de l'Ourcq ne pouvoit donner de l'eau que dans la partie septentrionale de Paris , et que pour en donner aussi en grande quantité dans la partie méridionale , il falloit la faire venir de l'Essone , de la Juine , et joindre en passant l'Orge , l'Yvette et la Bièvre.

Le nivellement de l'Yvette, et celui de l'Essone et de la Juine font voir, sur la carte, à très-peu près, les endroits où passera la rigole, en lui donnant moyennement 6 pouces par 1000 toises, et on trouve qu'elle aura environ 55 à 56,000 toises de longueur, et par conséquent qu'il faudra prendre la rivière d'Essone à 28 pieds au-dessus du fond de l'aqueduc d'Arcueil, qui est à 108 pieds au-dessus de l'étiage. C'est la hauteur où se trouve l'Essone, à 1200 toises au-dessus des Maleslerbes, où l'on feroit la prise d'eau de ce canal, qui est pour le moins aussi éloigné de sa source que la prise d'eau dans l'Ourcq l'est de la sienne, et fournira probablement autant d'eau, quoique le pays ne soit pas coupé d'autant de ruisseaux ; car la superficie du terrein qui fournit ces eaux est de plus d'une moitié plus grande que celle qui fournit à la prise d'eau de l'Ourcq, outre que les eaux de l'Orge et de l'Yvette, que l'on recevra dans ce canal sont plus considérables que celles de la Thérouenne et de la Beuvronne, que l'on reçoit dans celui de l'Ourcq.

55. M. Perronet, qui a fait un projet très-détaillé pour conduire l'Yvette à Paris, avoit cherché à rendre le trajet le plus court possible, et à cet effet il avoit projetté plusieurs souterreins, dont un de 800 toises, outre un grand aqueduc de 500 toises, au moyen de quoi il avoit donné à l'eau 15 pouces de pente par 1000 toises ; mais en suivant, depuis Palaiseau, les côteaux de Lonjumeau, Juvisy, Choisy et Vitry, on allonge effectivement le canal de 4000 toises sur 8000, et néanmoins on peut arriver au même point entre Orsay et Gif, parce que la rigole quoique plus longue que la rivière d'Yvette a beaucoup moins de pente, mais ce détour évite tout aqueduc et tout souterrein, et par conséquent diminue considérablement la dépense ; et la pente moyenne de 6 pouces par 1000 toises à donner au canal est suffisante puisqu'elle excède celle qu'on a donnée à la dérivation de la rivière de Lew pour la ville de Londres, et celle des rigoles des canaux d'Orléans et de Briare ; cette pente de 6 pouces par 1000 toises étant continuée le long des côteaux, on prendra les rivières d'Orge et de Reinarde, à-peu-près à leur jonction, et la Juine, près d'Estampes.

Projet de M. Perronet.

Elargisse-
ment de l'a-
queduc
d'Arcueil.

56. Il ne sera pas nécessaire d'élever l'aqueduc d'Arcueil de 12 pieds, comme faisoit M. Perronet, puisqu'en faisant passer l'eau sur cet aqueduc à la hauteur actuelle on arrivera à 108 pieds au-dessus de l'étiage, auprès de la barrière de Villejuif, c'est-à-dire, près de 50 pieds plus haut que la barrière St.-Martin. Cet aqueduc peut être élargi de 4 pieds de chaque côté en formant des arcades qui lui seroient adossées et portées sur ses piliers qui seront seulement augmentés depuis les naissances des arcades actuelles. Le canal auroit alors 12 pieds de largeur et sera contenu par deux murs en pierre de taille. Le canal seroit ensuite continué jusqu'au bâtiment de la barrière de St.-Jacques, où l'on fera couler le superflu tout le long du dehors des boulevards jusqu'à la rivière pour y former quantité d'usines qui deviendront extrêmement utiles.

La dépense
de ces nou-
veaux pro-
jets n'est pas
excessive.

57. Quelque vastes que soient ces deux projets, néanmoins il ne faut pas croire que la dépense soit extrême : on faisoit monter la dépense du canal de l'Yvette à 7,826,200 livres, et l'on proposoit seulement de conduire environ 2000 pouces d'eau. Il n'est pas douteux que si on calculoit la dépense pour l'exécution des deux projets proposés, en proportion de la quantité d'eau qu'ils fourniront, on ne pourroit qu'en être effrayé. Mais par le projet de M. Perronet, on faisoit un canal entièrement revêtu en murs, on faisoit plusieurs canaux souterreins, un grand aqueduc et une augmentation considérable à l'aqueduc d'Arcueil, ce qui augmentoit énormément la dépense ; et tous ces ouvrages n'avoient cependant pour objet que de donner une grande pente, ce qui est peu utile ; peut-être aussi vouloit-on faire de grands ouvrages qui pussent en imposer par leur magnificence, mais qui n'ajoutoient rien ni à la quantité d'eaux que l'on vouloit fournir, ni même à leur salubrité.

Projet de
la dérivation
séparée de la
Bièvre.

58. J'avois, dans ce tems, donné à M. de Gaumartin, prévôt des marchands, un moyen de conduire à Paris, pour une somme très-modique, évaluée au taux actuel des ouvrages, à 475,500 liv. le tiers de la quantité d'eau que M. Perronet fournissoit pour près de huit millions, et tout le secret ne consistoit qu'à amener la

Bièvre seule par un autre chemin beaucoup moins dispendieux que celui qu'avoit pris M. Perronet, qui lui faisoit traverser deux vallons sur deux aqueducs très-considérables, tandis que je lui faisois seulement suivre le côteau opposé en contournant les vallons sans en traverser aucun ; de sorte qu'il n'étoit question que d'une simple rigole, comme on le fait pour les canaux de navigation.

59. M. Defer, à qui je communiquai ce projet, chercha à le mettre à exécution ; il obtint des lettres-patentes, forma une compagnie, et commença l'ouvrage, qui ne fut arrêté que par une querelle et des intérêts particuliers. *Ce projet a été commencé par M. Defer.*

Je n'ai pas compris la Bièvre dans la dérivation des eaux de l'Essone, de l'Orge, de l'Yvette, mais comme on peut la conduire plus haut que l'eau qu'on fait passer sur l'aqueduc d'Arcueil, on peut, si l'on veut, la réserver pour conduire l'eau à l'Estrapade, qui est l'endroit le plus élevé de Paris, et former cette dérivation séparée, qui ne feroit pas un gros objet d'augmentation ; au reste, l'un et l'autre de ces deux projets principaux peuvent se faire par partie, en amenant d'abord, d'une part, l'eau de la Beuvronne, et de l'autre, celle de l'Yvette ; ensuite celles de la Thérouenne et de l'Orge, et enfin celles de l'Ourcq et de l'Essone.

60. Quoique le projet de l'Ourcq ne soit pas encore tracé entièrement, cependant les nivellemens et les plans sont assez exacts pour en faire une estimation qui s'éloignera peu de la vérité, le canal de l'Essone, l'Orge et l'Yvette, ne peut être traité avec la même précision, parce qu'il faudra peut-être former quelques tranchées ou quelques levées pour faire passer la rigole : mais comme on a cherché à allonger cette rigole dans le fond des vallons, il y a apparence que ces tranchées ou levées ne seront pas considérables. *Estimation des trois projets.*

Je donne ici le résumé des estimatifs de ces trois canaux, y compris le dixième pour les entrepreneurs et le vingtième pour la conduite.

Canal de dérivation de l'Ourcq, de la Thérouenne et de la Beuvronne.

Les déblais, remblais et corrois. 1,182,271
La grande tranchée et les perrés. 1,306,250
Quarante-trois ponts grands et petits. . . . 160,885 ⟩ 2,928,406 fr.
Le canal·des moulins dans les jardins jusqu'à
l'Arsenal. 69,000
L'indemnité des maisons et moulins. 210,000

Canal de dérivation de l'Yvette, l'Orge, la Juine et l'Essone.

Les déblais, corrois et tranchées. 1,726,150
Cinquante-cinq ponts grands et petits. . . . 232,300 ⟩ 2,247,325.
Le canal des moulins hors les murs. 48,875
Les indemnités des maisons et moulins. . . 240,000

Canal de dérivation de la Bièvre.

Les déblais, corrois, etc. 106,950
La maçonnerie des ponts et aqueducs. . . . 94,976
Les réservoirs. . . . . 103,530 ⟩ 481,956.
Les indemnités des réservoirs du canal et des
moulins. 176,500

La totalité des trois canaux. . . . . 5,657,687.

Canal de l'Ourcq en diminuant la tranchée de 10 pieds.

Les déblais, remblais et corrois. 1,028,062
La grande tranchée réduite, les perrés et
l'écluse. 528,284
Quarante-trois ponts grands et petits. . . . 160,885 ⟩ 2,229,682.
Le canal des moulins en décharge. 69,000
Les indemnités des maisons et moulins. . . 210,000
Différence des deux projets de tranchées. . . . . . . 698,724.

CONCLUSIONS.

Je conclus 1°. à ce que le canal de dérivation de l'Ourcq puisse conduire à Paris auprès de la barrière St.-Martin en tout tems une quantité d'eau au moins égale à toute celle que cette rivière fournit en été, et que ce canal puisse porter les bateaux qui passent actuellement sur la rivière d'Ourcq.

2°. Que l'on établisse le point d'arrivée à 77 pieds métriques au-dessus des plus basses eaux de la Seine prises au pont de la Tournelle, et le point de départ au-dessus de la retenue de Croui, et que l'assemblée des Ponts et Chaussées prononce s'il est préférable de suivre une pente uniforme dans toute la longueur du canal, de 5 pouces par 100 toises, à une pente moindre avant la tranchée et plus forte après.

3°. Que l'assemblée décide aussi s'il ne seroit pas plus avantageux de faire le canal suffisamment large pour donner le passage à deux bateaux, que de ne lui donner que la largeur nécessaire pour le passage d'un seul.

4°. Que l'on établisse un port en forme de bassin vis-à-vis la rotonde St.-Martin, et un canal large au-delà avec des plates-formes pour y déposer les bois que l'on transportera sur le canal.

5°. Que la décharge des eaux du réservoir forme à l'entour de Paris un cours d'eau pour y former différens établissemens d'usines et manufactures.

6°. Que l'on fasse faire les plans, nivellemens et jauges du canal à faire, pour procurer à la partie méridionale de Paris les mêmes avantages que l'Ourcq procurera à la partie septentrionale, en faisant venir au-dessus du faubourg St.-Jacques les eaux de l'Essone, de la Juine, de l'Orge, de l'Yvette, par un canal pareil à celui de l'Ourcq, et celles de la Bièvre par un canal séparé.

Lu au comité des Ponts et Chaussées, en frimaire an 11.

GAUTHEY.

POST-SCRIPTUM.

Pendant que l'on travailloit à finir les opérations nécessaires pour faire le devis de ce projet, le citoyen Solage proposa de faire exécuter le canal de l'Ourcq aux frais d'une compagnie et à certaines conditions, et ayant annoncé que le Gouvernement avoit acquiescé à sa demande, il envoya au Ministre son projet et ses plans qui me furent renvoyés pour les faire vérifier; je remarquai d'abord que son nivellement n'étoit pas conforme à celui que nous avions fait faire ; il fallut le vérifier contradictoirement, et l'on trouva qu'il y avoit une erreur de plus de 20 pieds sur la hauteur totale : mais comme ce projet étoit néanmoins possible en faisant la prise d'eau beaucoup plus haut qu'il ne l'avoit indiquée, et en y changeant plusieurs choses, je crus que ma mission étoit finie, et je ne donnai pas le mémoire que j'avois fait à ce sujet.

Je fus ensuite plusieurs mois en tournée, et à mon retour j'appris que les conditions du cit. Solage n'avoient pas été acceptées, et qu'il y avoit une loi du 29 floréal an 10, et un arrêté des Consuls, qui ordonnoient que les travaux seroient exécutés par les ingénieurs des Ponts et Chaussées d'après les plans et devis joints; que l'on avoit nommé l'ingénieur G. pour conduire les travaux dont la direction, d'après l'instruction approuvée par le Ministre, devoit être soumise aux règles générales de l'administration des Ponts et Chaussées.

L'ingénieur Bruyère remit à cet ingénieur les plans et mémoire qui avoient été faits à ce sujet, et lui montra même sur les lieux les différens projets qu'il avoit tentés, et celui qui devoit être suivi.

Mais l'ingénieur G. ne trouva pas ces projets à son gré, parce qu'ils formoient des lignes courbes qui allongeoient le canal de quelques toises. Il imagina de tracer de grandes lignes droites, et avant d'avoir soumis son projet à l'administration des Ponts et Chaussées, il fit mettre dans toute leur étendue un très-grand nombre d'ouvriers pour les faire exécuter.

Il ne pensoit probablement pas qu'un canal doit être tracé de manière que les déblais soient à-peu-près égaux aux remblais, et que le niveau de l'eau s'éloigne peu du niveau du terrein en suivant ses différentes inflexions. Il n'imaginoit assurément pas qu'en suivant des lignes droites, on risquoit de faire des déblais ou des remblais considérables, tout-à-fait inutiles et même nuisibles, qui sont tels, que si on s'enfonce seulement de trois mètres au-dessous du terrein naturel, comme l'est une grande partie des travaux exécutés, la dépense est huit fois plus grande.

Lorsque tout fut entrepris et avancé, il apporta enfin à l'assemblée des Ponts et Chaussées le plan de ses lignes pour les faire approuver. L'assemblée nomma des commissaires pour examiner l'ouvrage et lui en faire un rapport ; ces commissaires concluent dans ce rapport, que l'assemblée se comprometroit fortement, si elle ne déclaroit pas que les règles de l'art n'avoient pas été observées dans le tracé de ce canal ; que si on continuoit l'ouvrage, tel qu'il étoit commencé, il seroit extrêmement incommode, en ce qu'en le parcourant on seroit toujours dans des tranchées profondes, et que l'entretien en seroit fort dispendieux ; et après plusieurs discussions, des réponses et repliques, ils firent un second rapport, où après avoir fait le calcul de la différence de la dépense des deux projets, ils démontrèrent que d'après les prix fixés pour les travaux qui s'exécutent, et d'après les plans et profils produits par le cit. G. d'une part, et ceux du cit. Bruyère de l'autre, la différence de la dépense sur 10,000 toises seulement qui avoient été entreprises, excédoit de beaucoup plus de 400,000 l. sur 900,000 liv., à quoi montoit le projet que l'on auroit dû exécuter.

Mais comme on ne pourra jamais s'imaginer qu'un projet de cette espèce, qui devoit être expressément soumis aux réglemens des Ponts et Chaussées, ait été fait malgré l'improbation générale de l'assemblée, consignée dans sa délibération du 5 ventose, j'ai cru ne pouvoir me dispenser de faire connoître ici que tous les ouvrages exécutés jusqu'à présent l'ont été contre toutes les règles, et qu'en les continuant sur les mêmes principes, l'on engage le Gouvernement dans des dépenses énormes qui, loin d'être utiles, sont nuisibles ; et que la plupart de celles que l'on a faites jusqu'à présent, au lieu d'avoir avancé les travaux, n'ont fait que les retarder, parce qu'elles engagent à en faire d'autres tout aussi onéreuses, de sorte que l'on épargneroit une somme considérable, et qu'on auroit plutôt fini l'ouvrage, même en abandonnant une partie des travaux, et replaçant le canal dans les endroits où il devoit l'être.